AF452538

LES ROMANS GAIS

ACHARD-MARCEL

LA
BRITANNIQUE
AVENTURE

LES
CAHIERS
DE
FRANCE

Dépôt général: AU COMMERCE DES IDÉES
26, BOULEVARD SAINT-MICHEL, PARIS

BRITANNIQUE AVENTURE

ACHARD-MARCEL

LA BRITANNIQUE AVENTURE

LES CAHIERS DE FRANCE

DÉPOT GÉNÉRAL

Au Commerce des Idées

26, BOULEVARD SAINT-MICHEL, 26

PARIS

CHAPITRE I

OU SE PRÉSENTE L'ONCLE ATHANASE
DANS TOUTE SON ANGLOMANIE

C'ÉTAIT un dimanche du mois de juin. Toulouse se pâmait sous l'ardeur d'un soleil implacable. Le vent d'autan s'acharnait sur les platanes des allées Lafayette, tandis que la lourde procession des militaires désœuvrés et des bonnes d'enfant endimanchées s'obstinait à grouiller, dans l'espoir inavoué que viendrait enfin l'heure, pour les uns de rejoindre la marmaille abandonnée, pour les autres de retrouver l'ordinaire du quartier.

Une poussière aveuglante enflammait les narines. Riquet, sur son socle de pierre, présidait indifférent à cette morne procession, résigné à subir son tourment hebdomadaire.

Le match de football avait pris fin. Les tramways revenant des Ponts-Jumeaux débordaient de voyageurs.

A Toulouse, en effet, un tramway n'est complet que lorsqu'il n'est plus permis aux voyageurs ingénieux de trouver un coin où se caser. Dieu sait combien prodigieuse est cette ingéniosité, et si jamais on lui connut des bornes, sous ce soleil ardent, aux bords de l'opulente Garonne, à Toulouse où le plus bête de tous les hommes est encore un génie manqué.

Les tramways bondés se succédaient. Chacun d'eux semblait une réunion, ou plutôt une cohue électorale ambulante. Du plus jeune au plus vieux, de la plus acariâtre à la plus sémillante, voyageuses et voyageurs discutaient entre eux l'échec et le succès des joueurs. Les plus exaltés prenaient le wattmann à témoin, sans égard pour un imprimé qui, ostensiblement, priait les voyageurs de ne pas parler à l'employé. Autant défendre au rosier de fleurir, au poireau de fouetter. Dans l'un des tramways un troupe se distinguait par la vigueur de ses exclamations.

— Quand même, cria l'un d'eux, il a le plaquage foudroyant !

(J'invite le lecteur à se rappeler, chaque fois que le récit s'y prêtera, que les paroles des méridionaux perdent souvent de leur saveur, lorsque l'on fait abstraction de l'accent incomparable qui les colore.

— Oui, mais, mon cher, Trux feinte comme un demi-dieu, rétorqua le second.

— Enfin, conclut un troisième d'une voix formidable et grasse, nous les avons bouffés, ces Parisiens, comme on bouffe une prune. Hé ! père Athanase ?

Celui dont on quémandait ainsi l'approbation sourit des yeux, prit un air de supériorité infinie, et, comme la voiture atteignait le terminus, supportant sans broncher la compression des voyageurs pressés, se borna, en défendant son panama contre la colère du vent d'autan qui balayait sa belle barbe poivre et sel, à hausser les épaules, regarda d'un air de pitié son interlocuteur et voulut bien conclure d'un « Pfft ! » si méprisant que tout en descendant du tramway le groupe se récria :

— Macarelle de dious ! Eh ! Athanase ? Tu n'es jamais content ?

Au fond ils étaient injustes. Athanase cachait sa joie. Les gars du Midi avaient vaincu les Parisiens. Mais si l'orgueil méridional empourprait sa grosse face épanouie de rentier satisfait et gourmand, il se devait de refouler sa joie pour ne point mentir à sa réputation si lentement acquise de flegmatique à tout crin.

Parfois ses amis l'appelaient « l'Angliche ». Athanase, sans avoir l'air d'y prendre garde, savourait cette épithète qui, dans ce milieu primesautier et bruyant de Gascons bons vivants, équivalait à un éloge choisi.

Donc, ces messieurs, ayant quitté les boulevards et obliqué dans une des nombreuses rues qui y débouchent, entrèrent en triomphateurs au *Lapin qui pisse*.

— Hé bé ! la mère Bouchenflûte, on les a eus, ces freluquets de Parisiens, s'écria Prosper Bufoni... Dans un fauteuil, eh, François ?

Et le garçon, ainsi interpellé, tout en servant les clients, répliqua :

— Eh pardi ! pour sûr, Monsieur Prosper !

Le groupe prit place à la table habituelle, non loin du comptoir où régnait l'opulente et mouvante poitrine de Mme Bouchenflûte.

— François ! le *Sporting ?*

Athanase, malgré son anglomanie, prononçait le « Sportingue ». Mais François comprenait et c'était l'essentiel !

Tandis que « l'Angliche » s'absorbait dans la lecture du journal sportif, l'un des quatre, Célestin Mousquères, l'œil fixé sur l'horloge affirma :

— Eh ! dans un moment, nous aurons le résultat du match Carpentier.

— Dans un quart d'heure, coupa Théophile Loufartigue, dans un quart d'heure... Hé ! François, n'oubliez pas de nous passer l'*Havas*. Carpentier n'en fera qu'une bouchée, pas vrai, Madame Bouchenflûte ?

— Comme de juste ! minauda la patronne. Comme de juste, Monsieur Théophile !

— Ce n'est pas l'avis de l'Angliche, je parie ! rétorqua le père Mousquières.

Athanase, que tous regardaient, huma lentement la fin de son premier bock, alluma une cigarette, se cala dans un coin et laissa tomber, toujours d'un air d'apparente indifférence :

— Carpentier ne tiendra pas devant l'Anglais. C'est moi qui vous le dis.

Et, tandis que cette phrase surexcitait les passions, caressant sa barbe poivre et sel, les yeux mi-clos, il savoura son succès.

CHAPITRE II

OU L'ESPOIR D'UN HÉRITAGE FAIT NAITRE
CHEZ LE JEUNE XAVIER LE VIF DÉSIR
D'APPRENDRE L'ANGLAIS

TIENS ! dit Prosper Bufomi : Athanase, voici ton neveu !

Comme les pronostics allaient bon train, alors que les discussions s'irritaient à cause d'un chauvinisme irréductible, le jeune Xavier, neveu de « l'Angliche », pénétrait, en effet, dans le café en annonçant d'un air de croque-mort contrit :

— Carpentier est *knocked out!*...

— Ce n'est pas vrai ! hurla une voix que la colère étranglait. Georges est invincible, mille Dious !

Il fallut pourtant s'incliner quand l'*Havas* confirma la désastreuse nouvelle.

Athanase souffrit en secret, dans son amour-propre national, si durement atteint. Il fut, en compensation, l'objet d'une curiosité laudative.

Certains le contemplaient en silence, comme les Hébreux durent béer devant Moïse descendant du Sinaï. Il parut aux yeux de tous, le prophète des prophètes !

Il offrit ainsi, à la clientèle houleuse du *Lapin qui pisse*, une diversion à sa douleur chauvine. Consolé par son succès, il rayonnait dans sa gloire.

Xavier, qui s'était assis parmi ces messieurs, à la table réservée, pour les renseigner sur les incidents du match d'après les télégrammes d'agence, subit soudain ce discours avunculaire :

— Pitchoun, tu sais quelle affection j'ai pour toi. Mon rêve, mon seul rêve est de te pousser dans la vie aussi loin qu'il me sera possible. Ma pauvre sœur, à son lit de mort, ne cessait de me dire : « Athanase, fais-en un homme au moins !…» Je suis ton seul soutien ; ton père, n'est plus pour guider tes premiers pas dans l'existence. Te voilà un homme. Eh ? mon fils ? que comptes-tu faire ? Oui, je sais, tu parleras tout à l'heure. Tu n'ignores pas que je suis de bon conseil. Ces messieurs peuvent en témoigner…

— Pour çà, c'est pas pour dire, affirmèrent ces messieurs, mais c'est la vérité !

— Donc, conclut Athanase, avant de rien entreprendre, Xavier, apprends l'anglais.

« Je suis prêt à consentir tous les sacrifices que nécessitera ton instruction et, pour te bien montrer que mes paroles ne sont pas vaines, je t'offre un voyage en Angleterre.

L'admiration du groupe fut alors à son comble ! Ce voyant, Athanase, pour ne pas être en reste avec ses admirateurs, continua sur un ton qu'il s'efforçait de rendre calme :

— Xavier, tu es à un tournant décisif de la vie. L'avenir s'offre à toi. La fortune te tend les bras. Si tu suis mes principes et mes vœux, tu hériteras de ma fortune entière, sinon…

Et ici, pour bien marquer la solennité de l'heure, en même temps que son flegme anglo-saxon, Athanase se tut, alluma lentement une cigarette, lança vers le plafond terni des volutes de fumée bleue et, fixant son neveu, laissa tomber :

— Sinon... je ne te connais plus.

Xavier, que le coup avait un peu étourdi, pensa qu'il s'agissait d'une décision qu'il était possible d'ajourner. Anxieux, il interrogea du regard les amis de son oncle. Ceux-ci prenaient des airs de sybillins. Voyant qu'aucun secours ne s'offrait à lui, il hasarda mollement :

— Certes, mon oncle, vous savez quelle affection j'ai pour vous. Croyez bien que j'apprécie vos conseils et en fais mon profit.

Xavier crut être diplomate ou normand. L'oncle Athanase était Gascon et qui plus est, Gascon anglicisant.

Flegmatique, il rétorqua :

— Si j'ai bien compris ta réponse, c'est oui ?

Xavier prit la mine du chien qui se noie, faillit casser le pyrogène, toussa, sourit atrocement et la voix brisée répondit :

— C'est-à-dire, mon cher oncle, je réfléchirai.

— Tu réfléchiras ! gronda l'oncle Athanase. Tu réfléchiras ! Est-ce une réponse ? Tu réfléchiras ! dans un mois ? dans un an ? Ah ! je retrouve bien là notre travers national : l'indécision... Sais-tu ce qu'eût répondu à ta place un jeune Anglais ?

Ici l'attention de l'auditoire réservé atteignit les sommet.

— *Yes* ou *no !* laissa tomber l'oncle Athanase. Que diable ! Montre un peu d'énergie, de décision. Un problème s'offre à toi. Ne le contourne pas pour l'esquiver. Fonce dessus et résous-le !

Puis, après un temps mi-sérieux, mi-moqueur :

— Alors ? c'est *yes* ou *no* ?

Xavier qu'hallucinait depuis un moment la fortune respectable de son oncle se décida :

— Eh bien, c'est *yes*, mon oncle !

— *All right !* claironna Athanase. Et quand pars-tu ? Demain ? Après-demain ?

Xavier reçut cette question comme un direct du droit en plein visage. Il cligna des yeux, ouvrit la bouche, la ferma, l'ouvrit encore, voulut parler mais en vain. Son cerveau était vide, sa gorge sèche et serrée. Tandis qu'il s'occupait à renaître, l'oncle Athanase conclut pour lui.

— Allons, tu partiras après-demain soir. Viens me voir demain matin ; je te donnerai un chèque sur l'Agence Cook.

A l'unisson, le *Lapin qui pisse* s'abîmait dans l'admiration.

CHAPITRE III

OU XAVIER EXÉCUTE LES DÉCISIONS
DE L'ONCLE ATHANASE

XAVIER appartenait à cette catégorie d'étudiants qui ont coutume de s'anéantir quotidiennement dans les hautes joies que procurent douze heures durant aux cerveaux invalidés la manille, l'écarté, voire le bridge et le poker. Ce groupe intéressant constituait aux yeux de l'oncle Athanase « l'espoir en fleur de la France de demain ».

Ce dimanche-là, Xavier quittant le *Lapin qui pisse*, pénétra dans la *Vallée de Josaphat*, café d'élection de son groupe, et s'efforça de prendre un air important et mystérieux.

Il y réussit si bien que la somnolente Carmen, maîtresse à gages du groupe, qui suivait depuis toujours la muette bataille que se livraient les joueurs, avec l'attention clairvoyante de la vache qui observe le passage d'un train, interrogea soudain.

— Té ! Xavier (elle prononçait « Xavière »). Je parie que ton vieux t'a lâché du pognon.

Ce mot magique suspendit les hostilités. Les joueurs expectants fixèrent leur camarade.

Xavier sans saluer personne, en vieil habitué du groupe, envahi déjà par le flegme anglo-saxon, s'assit, commanda un porto-flip pour bien humilier les démocratiques bocks du groupe ébahi, alluma un cigare et laissa tomber :

— Quelqu'un peut-il m'indiquer une pension de famille en Angleterre ?

— Tu déménages ? ironisa un des joueurs.

— Je vais me fixer en Angleterre, continua Xavier, sans saluer personne, en vieil habitué. Je pars après-demain. Parons au plus pressé. Jean ! les journaux de Paris !

Le garçon laissa crouler sur la table le flot des quotidiens parisiens dont les feuilles indifférentes aux querelles dont elles étaient noircies, voisinaient dans une promiscuité comique, *L'Action Française*, se fondant dans *L'Humanité !*

Xavier, que ces ironies des choses n'entamaient ni n'effleuraient, parcourut les réclames, et chacun pour l'aider en fit autant.

— Tiens ! s'écria bientôt Carmen de sa voix éraillée de professionnelle avachie, Xavier, j'ai ton affaire, mon petit.

Et elle lut :

« Pension de famille à Beecle, Comté de Suffolk, 600 francs par mois, pension complète, personnel parlant exclusivement anglais. Ecrire ou

2

câbler Mistress Waterproof, Green Cottage, Beecle. »

Xavier étudia la réclame avec le soin d'un chartiste, subtilisa le journal et annonça triomphant.

— Les enfants, on dîne en cabinet particulier ce soir ; c'est moi qui régale !

Carmen, toujours en retard d'un repas, daigna abandonner le sourire de commande que la servilité avait dessiné depuis toujours sur ses lèvres peintes, et sourit avec une franchise totale.

Il convient ici, de jeter le voile du silence sur les événements qui suivirent. Il suffira, l'auteur pour le surplus faisant confiance à l'imagination du lecteur, d'indiquer que le lendemain matin, quand Xavier se présenta chez l'oncle Athanase, il avait les yeux battus, la gorge éraillée, semblait mâcher du chewing-gum et flageolait sur ses jambes.

Il ne retrouva tous se moyens qu'en recevant des mains avunculaires un chèque de 20.000 francs sur l'Agence Cook.

Ayant subi le discours lardé de bons conseils qui suivit ce don généreux, il ébranla d'un vigoureux shake-hand la rondelette personne de l'oncle Athanase qui refusa avec indignation de s'attendrir en l'embrassant et prit congé de ce cher homme qui dissimulait mal son émotion sous des dehors bourrus.

— Au moins, Xavier, donne de tes nouvelles, hein ! Et reviens-nous un homme, hé !

Le train de 20 heures pour Paris enlevait le même jour Xavier aux joyeuses embrassades du groupe de la *Vallée de Josaphat*, au milieu duquel Carmen, bêtement attendrie, essuyait ses yeux rougis.

CHAPITRE IV

OU L'ONCLE ATHANASE, SANS NOUVELLES DE XAVIER, SE MORFOND ET S'INQUIÈTE

HUIT jours s'étaient écoulés sans que l'oncle Athanase eût reçu le moindre mot de son neveu.

Matin et soir, les habitués du *Lapin qui pisse* ne manquaient point d'interpeller « l'Angliche » sur les nouvelles du jeune Xavier. Invariablement ils n'obtenaient que cette laconique réponse : « Toujour rien ! » qui cachait mal les inquiétudes de ce brave homme. La manille lui devint un supplice. Il sentait que là, plus qu'ailleurs, il trahissait son inquiétude. A l'ordinaire, en effet, dès que son partenaire lui faisait un appel savant, Athanase avait une façon bien à lui de montrer qu'il avait compris. Il se grattait le nez, toussait et concluait par un « all right » triomphant. Mais, depuis deux jours, Prosper Bufomi, malgré des appels réitérés, n'obtenait aucune réplique d'Athanase qui lançait du pique sur un appel à trèfle et du carreau sur un appel à cœur. C'en était une désolation. La tristesse d'Athanase gagnait lentement le groupe. L'hilare et sucrée Mme Bouchenflûte, elle-même, négligeait souvent d'afficher son sourire de commande. François servait plus lentement, comme par contrainte. La manille traînaillait et somnolait. Sur le *Lapin qui pisse* régnait l'implacable ennui et l'angoisse perfide.

Soudain — il était six heures de l'après-midi — la porte du café s'ouvrit bruyamment, comme pour précéder des nouvelles sensationnelles. Le groupe sursauta, Mme Bouchenflûte secoua brusquement sa torpeur, François faillit faire le grand écart, tant il se hâta vers le groupe en émoi. Un facteur de télégrammes, dans sa jeune insouciance, entra en sifflotant et annonça d'un ton claironnant :

— Pour Monsieur Athanase !

Loufartigue en fut si intrigué qu'il laissa Bufomi lui couper sa manille d'atout sans même s'en douter. Le jeu s'arrêta, bloqué. L'opulente Mme Bouchenflûte retrouva la formule de son ineffable sourire. François, sans prendre garde à la commande d'occasion, parfit son évolution vers le groupe des habitués et, sans plus se soucier du reste de l'univers, se planta derrière Bufomi, en face d'Athanase, les jambes légèrement écartées, la serviette sur l'épaule gauche et la paume des mains sur les fesses.

Athanase, toujours soucieux de ne pas mentir à sa réputation d'homme flegmatique, posa ses cartes lentement, aviva le feu languissant de son éternelle cigarette, décacheta soigneusement le télégramme et, l'ayant lu, le plia, le mit dans sa poche et, ses cartes en main, voulut reprendre le jeu :

— Donc, atout pique, n'est-ce pas ? fit-il.

— Et alors ? interrogea laconiquement Bufomi qui, sur ces deux mots, traduisait fidèlement la pensée du *Lapin qui pisse*.

— Le télégramme ? questionna Athanase d'un air indifférent ? Tiens, tu peux le lire s'il t'intéresse.

Et Bufomi, les mains tremblantes, froissant le papier bleu, lut d'abord avec précipitation et à haute voix, puis avec indifférence, et déception, à voix plus basse :

« Entendu, 500 porcs, 1.000 kilos lard, réserve; répondre par lettre question andouilles et saucissons. Vaches manquent sur marché. Pouvez-vous fournir 1.000 camemberts en deux jours ? »

Le silence s'épaissit dès lors au point d'en être presque tangible.

CHAPITRE V

OU LE LECTEUR APPREND L'HÉROIQUE DÉCISION DE L'ONCLE ATHANASE

A la longue, l'oncle, Athanase maigrit.

Son flegme l'abandonna. Il s'affola, pensa écrire au Ministère des Affaires Etrangères. Il en fut empêché par un reste d'amour-propre qui s'obstinait encore dans les obscurs recoins de sa conscience...

Le dixième jour, au matin, il pénétra au *Lapin qui pisse*, l'air mystérieux, mais satisfait. Il venait de prendre une décision qui, avec son flegme soudain retrouvé, ne laissait place dans son cerveau que pour l'orgueil victorieux .

— Té, dit Loufartigue, je parie que vous allez nous annoncer du nouveau !

Les habitués, de Mme Bouchenflûte à François, attendaient, curieux. Athanase, sans hâte, rejoignit sa place, tripota les cartes poisseuses et laissa, comme toute réponse, errer sur ses lèvres un sourire mystérieux.

— Eh bé ! fit Bufomi, quoi de neuf, hé ?

— Rien et beaucoup de choses, répondit Athanase, sybillin et souriant.

Le groupe s'interrogea du regard. Mme Bouchenflûte, n'y tenant plus, minauda :

— Vous avez confié les recherches à un détective, pas moinsse ?

Athanase lissa sa longue barbe, décocha une œillade-assassine à Mme Bouchenflûte et lui dit :

— Non, chère Madame; non, vous n'y êtes pas ! Je laisse aux naïfs l'usage du détective. Dans de semblables occasions, je ne me fie qu'à moi-même et puisque dix jours se sont écoulés sans que la moindre nouvelle ne me soit parvenue, je vais enquêter sur place !

— Jésus Dieu ! soupira Mme Bouchenflûte qui n'avait jamais voyagé au delà de Pinsaguel. Jésus Dieu, c'est-il possible, à votre âge ! mon pauvre Monsieur Athanase !

— Comme j'ai l'honneur de vous le dire, Madame, et mon âge n'a que faire dans cette histoire. Un homme contrairement à ce que vous pensez n'a que l'âge de sa volonté.

Et, se rengorgeant soudain :

— Dieu merci ! sur ce point et sur bien d'autres, je ne crains pas la concurrence des plus jeunes.

— Eh ! quand pars-tu, Athanase ? demanda Bufomi, qui voyait dans cette menace la fin des quotidiennes et quiètes manilles.

— Demain, par le train de 14 heures 40. *Time*

is money. Les affaires sont les affaires, répondit Athanase.

— Eh pardi ! conclut François, qui prononçait, vu l'ambiance et la latitude, *Eh payi !*

La manille chôma ce soir-là. Les pauvres cartes cessèrent de se fouetter sous la rapide impulsion d'une main machinale.

Et ce fut à qui exhumerait des limbes de son subconscient les bribes de préjugés qui s'obstinaient encore à y surnager.

— Tu sais, Athanase, commença Loufartigue, méfie-toi des mystères de Londres. Je sais que tu admires ces bougres d'Anglais ; mais notre vieille amitié me fait un devoir de te crier casse-cou. Les crimes les plus mystérieux se commettent chaque jour en Angleterre et ce par milliers. Les maisons truquées, les taxis double fond, les escaliers qui conduisent à des puits, fourmillent dans ce pays brumeux où le soleil depuis toujours refuse de se montrer.

— Çà, c'est mauvais signe, affirma François.

Mousquières et Bufomi s'efforcèrent aussi d'entamer la sérénité d'Athanase en racontant des histoires d'assassinats automatiques à l'aide d'un ingénieux mécanisme dissimulé dans une horloge, sous un plat, dans les bras d'un fauteuil, de voyageurs subtilisés par des sociétés secrètes.

— Ah oui ! le Klu Klux Klan, murmura Mme Bouchenflûte, qui lisait les journaux.

— Parlez pour l'Amérique, s'amusa Athanase.

— Eh, mon bon Monsieur, rétorqua la patronne d'un air offensé, c'est tout comme, allez ! Qui dit Amérique, dit Angleterre. D'ailleurs, les Anglais parlent américain, à moins que ce ne soit les Américains qui parlent anglais. En tout cas ils se comprennent ; et qui se ressemble, s'assemble.

— *Eh payi !* souligna François.

Malgré l'assaut de telles forces conjuguées, le flegme d'Athanase ne broncha point. Plus ferme dans sa décision que jamais, oubliant le motif qui la lui avait imposée, il s'abandonna au plaisir de parader, de plastronner et d'exhiber, sous les yeux émerveillés de tous, le billet de passage délivré par l'Agence Cook. Le doigt sur une carte d'Angleterre, il suivait, avec la fierté et l'assurance d'un général victorieux, le tracé du voyage qu'il allait entreprendre.

Il n'en dormit pas moins très mal cette nuit-là. Il subit les tourments et les angoisses d'un cauchemar atroce : à Londres, la bande des oreilles percées dont le chef se dissimulait sous une cagoule rouge, s'était emparée de lui. Malgré ses prières et ses offres multipliées d'argent, l'un de ses bourreaux lui pinçait la chair à l'aide de tenailles rougies au feu. Un autre le précipitait dans une trappe où Mme Bouchenflûte que courtisait outrageusement François, se moquait de sa terreur...

CHAPITRE VI

OU L'ON RETROUVE XAVIER QUE L'AUTEUR SEMBLAIT AVOIR OUBLIÉ

XAVIER, attablé à la terrasse d'un café des grands boulevards, rassassiait ses yeux du spectacle toujours renouvelé de la foule parisienne. Soudain, il sentit peser sur lui l'insistance d'un regard. Troublé d'abord, il s'enhardit jusqu'à considérer à la dérobée la sympathique curieuse. Ce visage ne lui était pas inconnu. Où donc avait-il déjà vu ce minois que le fard et la poudre dessinaient avec charme ? Il dut donner sa langue aux chats. Ce banal incident suffit en tout cas à dissiper le malaise d'être isolé, dont il souffrait depuis son arrivée à Paris. Il connaissait enfin quelqu'un dans cette ville immense où pourraient tenir à l'aise plusieurs Toulouse. Cette certitude lui fit croire qu'il n'était plus ou presque plus provincial. Il connaissait quelqu'un ! et qui, grands dieux ! Une jolie femme qui, par ses instantes œillades et son sourire rêveur, semblait lui dire :

« Mais venez donc. Approchez, je vous connais. Qu'attendez-vous pour m'adresser la parole ? »

Ce fut du moins l'avis de Xavier qui, sans plus tarder, avec la décision têtue que seuls connaissent les grands timides, se leva, se dirigea sans hésitation vers la jeune femme, salua et engagea la conversation par ces mots qui lui vinrent à l'esprit sans qu'il sut comment :

— Oh ! moi qui vous attends depuis si longtemps ?

La jeune femme un peu interloquée lui dit :

— Vous m'attendez ? Mais, Monsieur, je ne vous ai fixé aucun rendez-vous ?

Cette phrase ramena Xavier à une plus saine appréciation des faits :

— Madame, reprit-il, je vous prie de m'excuser, si je me trompe, mais je suis convaincu que je vous connais.

— Mais, moi aussi, monsieur, je vous connais, lui concéda aimablement la jolie inconnue.

Xavier, soulagé par cet accueil, s'assit et poursuivit :

— Je vais vous faire un aveu qui n'est pas bien galant. Je renonce à me rappeler les circonstances de notre première rencontre.

La jeune femme accueillit cette confession avec

un rire franc et dut reconnaître qu'elle se posait aussi la même question.

— N'avez-vous jamais été à Toulouse ? interrogea Xavier.

Ce fut une révélation.

— Ah ! c'est cela ! oui, je me rappelle, dit la jeune femme. Eh bien ! Monsieur, savez-vous que votre mémoire est courte. Il ne vous souvient plus, déjà, de Gaby des Roses.

A ce nom Xavier rougit outrageusement.

— Comment ai-je pu oublier ? dit-il. C'est, en effet, impardonnable !

— Vos grandes passions ne durent guère, à ce qu'il semble, plaisanta Gaby. Il y a seulement six mois, vous m'écriviez, après m'avoir applaudie dans la revue *P. P. Q. R.*, que vous vous étiez juré d'être mon amant ou de mourir. Vous n'avez tenu ni l'une ni l'autre promesse. Quand je pense que je fus assez sotte pour me laisser émouvoir par votre lettre ! Je m'enquis de vous, et vous ayant vu triste et seul à la terrasse d'un café, attendez donc !... la *Vallée de Josaphat*, je crois, j'ai failli venir vous prier de ne pas réaliser au moins votre dernière promesse.

— Vous avez fait cela ? interrogea Xavier, l'œil gourmand et la fatuité aux aguets.

Il n'est pas utile au lecteur d'apprendre par le

menu ce qu'il advint de cette rencontre. Il me suffira de noter que le colloque entre Gaby et Xavier eut la suite qu'il est facile de deviner : Xavier, grâce aux complaisances de Gaby attendrie par des flots de champagne, put tardivement, mais amplement, réaliser son premier serment.

Cet événement, si banal et si quotidien pour quelques-uns, traversa les projets de Xavier d'une manière qu'il importe d'indiquer au lecteur.

Dès qu'elle apprit que le jeune homme partait pour l'Angleterre, Gaby battit des mains et manifesta une joie enfantine. Elle aussi devait se rendre à Londres où l'appelait un engagement.

La seconde phase de voyage fut idyllique et sans nuage. Charing Cross vit descendre du train de Folkestone le couple le plus heureux qu'Angleterre vît jamais.

Gaby n'entendait rien à l'anglais. Xavier put l'étonner à peu de frais. Il mâchonna à la face des porteurs et chauffeurs ahuris des mots informes qui poussaient ses interlocuteurs à penser qu'il s'exprimait dans une langue mystérieuse apparentée à l'hébreu ou au thibétain.

Cependant, à force d'éloquence hermétique et grâce surtout à un mimétisme intense, le jeune couple put se faire conduire dans un hôtel de Liverpool Street, où la juvénile inconscience de Xavier jointe à l'habitude de l'imprévu chez Gaby, permit à l'un comme à l'autre de goûter les délices d'une nuit à faire pâlir un clergyman. Les jours et les nuits coulèrent ainsi avec une rapidité déconcertante.

Un beau matin où, plus exactement, par un matin brumeux, sale et lourd, Xavier se réveilla seul dans sa chambre de Liverpool Street. Gaby se lassa d'être heureuse à l'instant précis où se tarissait la source dorée due à la munificence du cher oncle Athanase.

Ce brave homme alors revint en mémoire de Xavier. Cette pensée l'attendrit. Il revit aussi, tandis que le malheur le rendait perméable au souvenir d'autrui, les bons camarades de la *Vallée de Josaphat*. Le souvenir de la somnolente Carmen faillit lui arracher des larmes. Celle-là au moins n'aurait pas agi ainsi. Il fut doux à son âme humiliée d'imaginer l'attendrissement de Carmen en apprenant le sort réservé à son cher Xavier.

CHAPITRE VII

UNE TEMPÊTE SOUS UN CRANE (1)
OU LES ANGOISSES DE XAVIER

AVEC Gaby s'en furent l'insouciance et la joie. Xavier restait seul, en face de lui-même, partenaire dont il eut toujours horreur. Accablé par ce brusque rappel à la réalité, il arpentait de long en large la chambre où flottait avec une ironie secrète, le léger parfum de l'étoile envolée.

Ce fut, d'abord, dans son cerveau, le vide absolu. La sombre désolation l'engourdissait et lui interdisait tout effort de pensée.

A vrai dire, les difficultés qui surgissaient étaient d'une autre complexité que celles qu'il avait coutume de vaincre chaque jour à la *Vallée de Josaphat*, au cours des manilles, écartés, bridges et pokers.

Xavier considéra la nudité de son portefeuille et cette vision parvint, à la longue, à secouer le sommeil absolu de ses idées.

En somme, il s'agissait de résoudre le problème

____

(1) L'auteur prie le lecteur de vouloir bien excuser cet emprunt au *Stupide XIXe Siècle* et s'engage à ne pas récidiver

suivant : Comment, seul, dans une chambre d'hôtel à Londres, sans un sou, pouvait-il régler la dernière note du jour et se rendre chez Mistress Waterproof à Beecle ?

Arsène Lupin eût vraisemblablement donné sa langue aux chats. Sherlock Holmes lui-même en eût perdu le boire et le manger. Einstein, enfin, malgré sa parfaite notion de la relativité, eût éludé le problème comme absolument insoluble.

Xavier ne jouissait, est-il besoin de le préciser ? ni de la divination des policiers, ni du génie d'un physicien et il avait sur les uns et sur l'autre cette nouvelle infériorité de ne pouvoir user de la ressource banale qui consiste, en face d'un problème que l'on juge insoluble, à l'abandonner à son mystère sans y plus penser.

Placé dans la situation délicate que l'on sait par la volonté du Destin, de Gaby et peut-être aussi de l'auteur, il se devait, sous peine d'interdire à celui-ci de finir son roman, de trouver un moyen de résoudre le problème.

Sans qu'il eût conscience des difficultés qu'il pouvait ainsi susciter à une intrigue romanesque bien construite, il comprit, cependant, qu'il se devait de sortir d'une situation qu'il jugeait sans issue. Sa pauvre tête, si peu encline aux complexités du raisonnement, lui parut énorme et vrombissante. Un monde grouillait dans sa cervelle étroite et, tandis qu'il fumait machinalement ses dernières cigarettes, sa pensée se déroulait à peu près de la sorte : « Si demain au plus tard je n'ai pas trouvé le moyen de payer la note du jour, je suis un homme perdu. La rigueur anglaise m'imposera l'humiliation des prisons britanniques. D'autre part, comment payer ? Je n'ai pas un penny vaillant. Des bijoux, autant dire aucun puisque ma montre est en acier oxydé. Gaby a emporté la seule bague de prix que j'eusse et j'ignore son adresse. Même si, par impossible, je parvenais à me libérer vis-à-vis de la direction de l'hôtel, que deviendrais-je dans Londres sans un sou ? Comment me rendre à Beecles ou à Toulouse ? Si j'expose franchement ma situation à l'hôtelier, il me rira au nez. L'interprète voudra-t-il seulement traduire mes explications ? Je pourrais me rendre au music-hall de Gaby, mais elle en a changé quatre fois en huit jours. Elle m'a d'ailleurs appris, au temps où je comptais pour elle, qu'elle ne laissait jamais son adresse pour éviter l'interminable procession des vieux barbons britanniques en quête de *french girls* et de *parisian delights*. D'ailleurs, Gaby est-elle encore à Londres ? Peut-être débarque-t-elle à l'instant à Boulogne ?

Au souvenir du sol natal qui lui parut d'autant plus loin qu'il lui était impossible d'y revenir, les yeux de Xavier se mouillèrent et la pensée de l'oncle Athanase fit couler ses larmes.

Ce n'était pas, certes, une solution. Mais la nature humaine est d'essence illogique. Elle cherche un moyen. Elle trouve des larmes. La femme seule eut le génie de transformer ce liquide incolore et salé en arme redoutable et souveraine.

A vrai dire, les larmes de Xavier furent aussi et peut-être surtout, provoquées, inconsciemment du reste, par la comparaison qui s'imposait entre sa détresse actuelle et les joies tranquilles, somnolentes et quotidiennes qu'il goûtait à Toulouse entre la sollicitude de l'oncle Athanase et l'abrutissante torpeur de la *Vallée de Josaphat*.

L'auteur a peut-être suffisamment démontré que Xavier se trouvait dans une situation sans issue. Le lecteur pense bien que nous n'abandonnerons pas un héros en si mauvaise posture. D'abord cela peinerait trop l'oncle Athanase. Xavier ne s'en consolerait point et le lecteur lui-même pourrait donner libre cours à ses instincts platoniquement humanitaires et maudire sans retour un si misérable auteur, capable d'une si définitive cruauté.

Le lecteur, semblable sur ce point au chat, aime bien jouer avec la souris, mais comme lui il désire la croquer vive. C'est assez dire qu'il ne consent à sacrifier le héros qu'à la fin de l'histoire. Or, manifestement, nous n'avons pas atteint le terme du récit. L'auteur se doit donc d'y parvenir et, pour ce faire, il s'engage à sortir son héros du mauvais pas où il l'a jeté si étourdiment.

Xavier donc, qui, durant cet aparté de l'auteur, versait d'abondantes larmes, s'effondra sur le lit défait où le parfum fané de Gaby aggrava sa situation.

Quelqu'un frappa à la porte. Xavier, mal réveillé de sa torpeur, essuya ses yeux avec le drap de lit. Tandis qu'il se disposait à s'y moucher, sans y prendre garde, il sentit sous le drap un corps dur. Il voulut se rendre compte, mais les coups redoublant à la porte, il prit en hâte des papiers froissés qu'il trouva sous le drap et, sans les regarder, les mit dans la poche de son veston. Ayant mis un peu d'ordre dans sa toilette, il ouvrit.

C'était le garçon qui, chaque soir, portait la note du jour. Xavier prit son air le plus indifférent, remercia du bout des lèvres et, ayant fermé la porte à l'aide du verrou de sûreté, se trouva soudain soulagé sans pouvoir s'expliquer pourquoi. La situation n'avait pu que s'aggraver, l'heure approchant d'un règlement qu'il savait impossible. Las de réfléchir, et ce, en pure perte, il acquit une factice indifférence qui n'était que de la lassitude. Machinalement, il se souvint d'avoir mis dans sa poche des papiers dont il ignorait la nature. Il les prit, les regarda et faillit se trouver mal. Il avait en mains trente livres. Le hasard et sans doute une négligence de Gaby avaient résolu le problème que tous et l'auteur jugeaient insoluble...

CHAPITRE VIII

LA PENSION DE FAMILLE
« WATERPROOF AND DAUGHTER »

BEECLES est une petite ville assoupie au bord de la Davency. La pension de famille Waterproof est située non loin de l'église où règne chaque dimanche la grâce mûrie de Mistress Veuve Waperproof qu'accompagne toujours la blonde et juvénile beauté de miss Dolly, sa fille.

Feu sir Christophus Colombus Waterproof honora jadis la marine marchande de sa Majesté très Britannique. Sa passion pour le royal whisky, dont témoignait sa face empourprée, ne lui enlevait ni sa malice native, ni son flegme qui eût fait l'admiration de l'oncle Athanase. Il faisait deux fois l'an de brèves apparitions à Beecles où vivait Mme Waterproof dans un cottage familial, siège de l'actuelle pension de famille et prenait à peine le temps de faire comprendre à sa juste épouse que le mariage comportait des obligations d'ordre intime d'un genre qu'il n'est pas seyant de dépeindre davantage. Quoiqu'il en soit, au cours de ces brèves apparitions, il advint ce que l'on peut supposer et cet événement, deux cent soixante-dix jours après, se prénomma Dolly.

Etonné sans doute d'un tel résultat C. C. Waterproof ne donna plus signe de vie. Longtemps après sa disparition le Board of Trade fit connaître à mistress Waterproof, par des intermédiaires idoines, que la marine marchande avait à déplorer la perte de l'un de ses membres les plus distingués : Captain C. C. Waterproof ayant corsé l'ordinaire de quelques anthropophages attardés des îles Fidji.

Les économies du feu Captain étant, autant dire, modestes, et la veuve Waterproof ne se souciant point d'épuiser ses rentes personnelles, il fallut aviser. Après mûre réflexion, mistress Waterproof décida de tenir une pension de famille ouverte aux étrangers. Le lecteur sait le reste. Il est bon de préciser que Xavier fut le premier client du *Boarding house Waterproof*. Il y avait quinze jours que mistress Waterproof avait adressé son avis aux journaux d'Europe quand le télégramme du jeune homme lui parvint de Toulouse ainsi libellé :

« Honneur informer quitterai Toulouse demain, serai Beecles premier train mardi. »

Dolly, qui avait lu par dessus l'épaule de sa mère, sauta de joie, embrassa plusieurs fois la digne dame jusqu'à l'étouffer et se mit à chanter la scie du jour : *What price hair pins now* (1). Cette joie eût scandalisé, sans aucun doute, l'oncle Athanase. Il n'eût pas admis une telle exubérance chez un sujet de Sa Majesté Britannique.

CHAPITRE IX

DU RÉVÉREND ARTHUR PIGEON TOWNHILL

L'ARRIVÉE du R. P. A. P. Townhill brisa l'élan de miss Dolly. Elle avala la moitié de la rengaine.

Sir A. P. Townhill était le type du clergyman anglo-saxon. Haut et carré comme un cent gardes, le poil roux et dru, il portait sur un corps de géant une face cramoisie de bébé Cadum.

Avec la raideur condescendante inhérente à sa profession, il s'inclina devant Mme Veuve Water-

____

(1) « Quel est actuellement le prix des épingles à cheveux ? ». Cette scie peut consoler les lecteurs français trop enclins à considérer leur patrie comme jouissant du monopole des chansons ineptes.

proof, dont il dirigeait la conscience avec la régularité d'un chronomètre.

Dès qu'il lut le télégramme, sa face puérilement austère daigna s'éclairer d'un sourire fugitif.

— *That's all right*, conclut-il.

Et, sans plus attendre, il se mit, de concert avec Mme et Mlle Waterproof, à croquer des toasts beurrés, agrémentés d'un thé corsé.

La conversation alors s'anima.

Quand je dis que la conversation s'anima, je n'entends point que chacun voulut parler en même temps que son voisin. Tout est relatif. Le lecteur ne doit point perdre de vue, s'il veut suivre intelligemment ce qui va suivre que nous sommes loin du Midi-qui-bouge et de Toulouse-la-Gasconne.

Dans cette capitale du midi, « la conversation s'anima » eût signifié que trois personnes se mirent à crier pour cent, que les phrases se croisèrent avec la rapidité de l'éclair, que les questions à moitié formulées se voyaient asséner des réponses décisives ; que pour parer à l'indigence du vocabulaire, les mains, les yeux, la tête, les pieds, le corps enfin tout entier de chacun, mimaient la pensée. Ici, sous les brumes du Nord, « la conversation s'anima » concernait le dialogue qui suit :

(Ici le lecteur m'excusera de ne pas faire confiance à sa connaissance incontestable des langues étrangères. Aussi bien, usant du français, autant qu'il est en moi, pour narrer cette histoire, je juge utile de traduire le dialogue original.)

MISTRESS WATERPROOF. — Comme je suis heureuse !

MISS DOLLY. — Oh ! oui, moi aussi maman !

MISTRESS WATERPROOF. — Dieu exauce ma prière.

R. A. P. TOWNHILL. — Dieu a dit « frappez et il vous sera ouvert ».

MISS WATERPROOF. — N'oublie pas, Dolly, qu'il faut être circonspecte à l'égard des Français. Ils sont audacieux et respectent peu les femmes.

R. A. P. TOWNHILL. — Il faut, dit l'apôtre, se tenir à bonne distance de l'arbre des tentations et se rappeler que le malin sait plaire pour vaincre.

Miss Dolly ne répondit à ces conseils fleuris qu'en baissant pudiquement les yeux et, comme pour modifier le sens du discours :

— Un peu de thé ? offrit-elle.

Tandis qu'elle versait avec précaution la boisson fumante, elle s'efforçait de prononcer correctement, pour elle seule, le prénom du premier pensionnaire : « Xavier ».

CHAPITRE X

OU XAVIER SE FAIT VAINEMENT ATTENDRE

DE longs jours s'étaient écoulés sans que le pensionnaire annoncé parvint à destination. A. P. Townhill sans vouloir encore s'en ouvrir pensait à une mystication. Ces Français sont si légers !

Mistress Waterproof, donnant libre cours à son esprit romanesque, envisageait déjà la possibilité de retrouver son infortuné client dans une malle, rigoureusement découpé, selon la mode du jour. Dans ce but très louable, elle fouillait inlassablement les innombrables colonnes des journaux anglais, en quête toujours de la macabre surprise. Et vraiment le sort y mettait une tenace ironie. Rien, durant cette attente, qui ressemblât, dans l'amas des faits-divers quotidiens, au roman qu'échaffaudait la veuve Waterproof. De France et d'Angleterre, aucun meurtre de jeune homme n'était signalé. Sauf une vieille rentière obèse qui finit par se laisser occire pour alimenter la chronique criminelle, trente maladroits d'un âge avancé, qui eurent la surprise de rouler sous les roues d'une auto, aidés, d'ailleurs par l'adresse des chauffeurs, soixante-dix désespérés à la fleur de l'âge qui, faute d'imagination, jugèrent ce monde intolérable, rien n'apparaissait qui pût faire supposer que Xavier eût été victime d'un accident, eût succombé sous une main criminelle, ou eût enfin désiré changer d'horizon en se séparant de notre monde.

Mistress Waterproof commençait à douter de l'excellence des renseignements consignés dans les journaux. Le lecteur sait, Dieu merci, ce qu'il convient de penser d'une telle hérésie.

Comme le Révérend A. P. Townhill, mistress Waterproof hésitait à dévoiler ses pensées. Elle estimait que son silence donnerait moins de fondement à leur réalité. Comme quelques-uns parmi nous, elle redoutait la puissance de la lumière.

Miss Dolly, plus juvénilement romanesque, se disait secrètement que le jeune pensionnaire attendu s'était, par la suite, ravisé. Subjugué, sans doute, par le charme unique d'une de ces sveltes et gracieuses poupées parisiennes, qu'elle contemplait longtemps sur les journaux de mode, le jeune Xavier n'avait plus le goût de poursuivre son voyage. Ayant trouvé le bonheur, il s'était marié, sans plus se soucier du *Boarding House Waterproof*, appliqué seulement à avoir beaucoup d'enfants, comme dans les histoires offertes en pâture à sa jeune imagination. Le lecteur a déjà admiré comment, grâce à ses naïves réserves, miss Dolly avait le mieux approché la plate réalité.

Ce fut la veuve Waterproof qui rompit le silence.

— Dolly, qu'en penses-tu, ma fille ? lui dit-elle un jour entre deux bouchées de pudding.

Miss Dolly, interpellée juste à l'instant où elle dénouait l'intrigue que l'on sait, sursauta, mais reprenant presque aussitôt ses esprits et son flegme, se borna à répondre :

— Rien, maman. Je ne sais pas !

Cette réponse eut le don de plaire au R. A. P. Townhill.

— Et vous, Révérend ?

— Dieu seul sait le fonds des choses, mistress Waterproof, mais s'il m'est permis d'émettre un avis, je suppose que vous avez été victime d'une plaisanterie, d'une stupide plaisanterie. Ces Français sont si légers !

Il énonçait ainsi un jugement propre à lui éviter la recherche des raisons divines de l'événement.

— Oh ! avaient fait ensemble la veuve Waterproof et sa fille.

Sentant qu'il avait, en quelque manière, scandalisé ses ouailles, le R. P. A. P. Townhill se ravisa et, découvrant le sourire de ses longues dents jaunes, conclut :

— D'ailleurs, tout vient à point à qui sait attendre. Il ne faut jamais désespérer.

Puis, se levant.

— En attendant, veuillez considérer qu'il est l'heure d'aller porter à nos chers pauvres les secours et les consolations dont leurs âmes sont assoiffées.

CHAPITRE XI

OU VOYAGE L'ONCLE ATHANASE

L'ONCLE Athanase, malgré les conseils de Bufomi, ne voulut point câbler à la pension Waterproof. Il s'obstina à ne point offrir, disait-il, le spectacle d'un esprit en désarroi.

Donc, vêtu d'un complet à carreaux, d'une culotte cycliste, et coiffé d'une casquette dernier cri, un Baedecker en main, il fit une entrée sensationnelle au *Lapin qui pisse*.

Ayant annoncé, avec tout le sang-froid dont il put disposer, sa décision de prendre le train de Paris qui partait dans une heure, il jouit un moment de l'étonnement de tous. François cassa son premier verre. (« Depuis trente ans », affirma-t-il.) Et Athanase ayant refusé toute escorte, serra vigoureusement les mains au hasard et demanda à Mme Bouchenflûte l'autorisation de l'embrasser.

— Cela porte bonheur ! affirma-t-il.

Mme Bouchenflûte rougit de tout son opulent visage, sa poitrine s'anima d'un tremblement gélatineux et, sous le regard attendri de tous, elle offrit, chaste et craintive, sa joue flasque au baiser de l'exilé.

Athanase, pris à son propre piège, dès qu'il se vit en face de ces réalités croulantes, eut une seconde d'hésitation, que la candeur des uns et la vanité de Mme Bouchenflûte attribuèrent à l'émotion. Il se souvint à temps qu'un Anglais ne daigne jamais montrer son embarras, et, les yeux clos, appelant à l'aide toute son anglomanie, il effleura d'une lèvre réticente et glacée l'antique parchemin qu'il n'avait jamais vu de si près.

Ce glacial et hâtif baiser peupla de rêves roses le lourd sommeil de Mme Bouchenflûte, mais comme disait l'oncle Athanase, sans savoir qu'il plagiait Kipling, ceci est une autre histoire...

Engourdi par le fracas du train, Athanase somnolait. Parfois la porte s'ouvrait et une voix gasconne l'arrachait à moitié de son engourdissement.

Il opposait, invariablement, à l'incontinence verbeuse du nouvel arrivant le silence et le flegme les plus hermétiques. Tandis qu'il s'abandonnait aux douceurs du sommeil, l'aube naissante inonda le wagon d'un jour sale et douteux. Le train, avec un cri de bête affolée, entra en gare de Châteauroux pour stoper presque sans transition. Le choc brutal des wagons se heurtant ne put arracher Athanase aux délices de Morphée.

Soudain, la voix d'un homme d'équipe annonçant l'arrêt et le buffet, le ravit brutalement aux douceurs de ses rêves. Il ouvrit ses yeux rouges et bouffis, se redressa, considéra les voyageurs du wagon et ne se rassura que lorsque l'un d'eux, témoin de son trouble, lui annonça en faisant siffler l'*x* : « Châteauroux ». Athanase comprit alors que son oreille avait été choquée par la voix de l'homme d'équipe, qui, Parisien sans doute, avait négligé d'accentuer ses mots à la manière méridionale.

Enfin, ce fut Paris. — Soucieux de ne montrer aux Parisiens qu'un visage impassible, Athanase s'efforçait de ne pas regarder tout ce qui, dans une telle ville, sollicite les regards.

Certaines jeunesses parées de leurs glorieux printemps, voilées d'étoffes souples et légères, l'obligèrent cependant à loucher furieusement. Mais les voies de Dieu sont obscures et le pèlerin volontaire se trouva embarqué à l'heure dite sur le bateau de Folkestone.

Athanase qui jusqu'ici n'avait connu que les

paisibles flots de la quiète Garonne et les légers remous du fleuve sous la cinglante ardeur du vent d'autan, nourrit sérieusement les poissons en traversant la Manche. Il put se consoler en considérant d'un œil mort le sort identique d'un Anglais bon teint qui, perdant toute notion du flegme national, implorait la clémence céleste et le secours plus immédiat de voisins aguerris.

Comment, grâce aux diligences d'un interprète, il fut emballé dans un taxi et déposé parmi ses valises devant l'hôtel, son émotion ne lui permit jamais de le savoir.

Confortablement installé dans sa chambre, ayant retrouvé la notion d'une tranquillité relative, il se mit en devoir de remplir quelques cartes à l'adresse du *Lapin qui pisse*.

Sur la première carte, adressée à Mme Bouchenflûte et qui représentait une des principales rues de Londres, il traça après l'assurance de ses hommages, ces simples mots : « La rue Alsace de Londres ». Et sa vanité s'éveillant avec la notion de sa sécurité, il ajouta, superbe, ce léger mensonge : « Je m'y promène des heures entières ».

A Bufomi, il adressa « La Cathédrale Saint-Paul » et certifia que cela valait « mieux que Saint-Sernin ».

Loufartigue eut la primeur d'une créature, pour

parler comme Mme Bouchenflûte, célébrité du jour et étoile de music-hall. Athanase rédigea pour son ami ce commentaire lapidaire, qui voulait en dire long : « *A qui es touts comm aquel pitchounn.* »

Et comme pour bien démontrer son affirmation, il adressa à Célestin Mousquières, une autre étoile de café-concert, opulente à souhait et griffonna en souriant : « *Y a quiquon, hé, Célestin ?* »

Ayant intégralement rempli ses devoirs épistolaires, il pensa au dîner.

Sanglé dans un smoking, Athanase fit son entrée dans le hall de l'hôtel où l'accueillit l'impassibilité obséquieuse d'un garçon. Il s'assit à une petite table et s'abîma dans la lecture du menu.

A vrai dire, il n'y comprit rien. Préoccupé, cependant, de ne pas paraître emprunté, il voulut en imposer au garçon qui, figé derrière lui, attendait ses ordres.

Il lui désigna donc le nom le plus bizarre du menu et, satisfait, attendit.

Il sut bientôt que la chose dont il désespérait de comprendre le nom, n'était autre qu'un bouillon gras. Il en fut doublement déçu, ayant horreur du bouillon gras et, croyant avoir découvert un plat inédit dont il eût eu tout loisir d'entretenir les habitués du *Lapin qui pisse.*

Héroïque, il goûta au bouillon pour ne point laisser supposer au garçon qu'il y avait erreur.

Cette fois, dégoûté de noms extravagants, il choisit un nom plus simple, croyant ainsi conjurer le mauvais sort.

Le garçon revint avec une soupe aux choux. Ça, c'était le comble. Athanase redoutait la soupe aux choux à l'égal de l'arsenic. Toujours par amour-propre, il crut devoir en absorber quelques cuille-rées.

Enfin, sûr cette fois, de trouver un plat de son choix, il indiqua au garçon un nom qui bien qu'il n'en comprît point le sens, lui parut sympathique.

Un observateur averti, et Athanase en était un, eut pu voir alors que l'impassibilité du garçon subis-sait de rudes assauts. Ses yeux, qui entre le bouillon gras et la soupe aux choux s'étaient légèrement mouillés, nageaient dans les larmes et se fermaient à demi entre la soupe aux choux et le troisième plat choisi par Athanase qui n'était autre qu'une soupe à l'oseille. La figure de notre héros s'allongea, cependant qu'il constatait cette troisième décon-venue. Le garçon se mordait les lèvres et se pinçait les fesses pour essayer de vaincre le rire qui l'étouf-fait.

Athanase comprit que la position n'était plus tenable. Les voisins eux-mêmes commençaient à considérer avec une joie muette, cet étranger qui se nourrissait de potages.

Il déposa sa serviette, recueillit toutes ses forces et d'un pas hâtif, tandis que son cœur dansait la gigue dans sa vaste poitrine, sortit du restaurant, bondit dans l'ascenseur et, vaincu, s'affala sur son lit, sans pensée...

CHAPITRE XII

QUI CONFIRME QUE TOUT VIENT A POINT A QUI SAIT ATTENDRE

XAVIER, tout à la joie que venait de lui procurer l'heureux hasard que l'on sait, suivait d'un œil distrait le paysage varié que déroulait pour lui le train de Beccles. Il eut le vif désir de baiser sur les deux joues une fervente de l'Armée du Salut qui lui faisait face. Mais la raideur et la maigreur du sujet lui parurent, jointes aux convenances, des obstacles insurmontables. Il eut voulu crier sa joie, mais il ignorait l'anglais. Il eut beau sourire aux anges pour répondre aux phrases énigmatiques que lui destinait son voisin de gauche, il ne put extérioriser ses sentiments et en conçut une gêne immense.

Il dut, pour se donner une contenance, se borner

à suivre d'un doigt museur, les diverses stations sur l'indicateur et, quand il sut que la station prochaine était Beecles, sa joie fit place à une sourde appréhension.

Personne ne l'attendait plus à Beecles. Quel accueil lui réserverait-on à la Pension Waterproof ?

Tandis qu'il agitait ces pensées, le crissement des freins, la sourde rumeur des échos, et le choc brutal des wagons se bousculant, rappelèrent à Xavier qu'on était arrivé. Dès qu'il fut hors de la gare, il eut la surprise de ne trouver aucune voiture.

La rue partant de la gare montait comme un calvaire. Xavier, sa valise à la main, la gravit avec l'indécision d'un homme qui ne sait au juste où il va. Les rares passants accordaient hâtivement un regard curieux à celui que leur instinct et ses manières embarrassées leur désignaient comme un étranger.

Au sommet de la rue, il se trouva dans la situation de l'âne de Buridan. Une rue perpendiculaire à la première s'étalait de droite à gauche. Décidé à ne pas mourir d'incertitude à cette croisée des rues, il se décida à aborder un passant en lui tendant une carte sur laquelle il avait noté l'adresse de la pension Waterproof.

S'il ne comprit pas les explications qui lui furent

données il devina, aux gestes du passant, que la Pension Waterproof se trouvait à main gauche, la cinquième maison sur la droite.

CHAPITRE XIII

BAFOUILLEZ, PRENEZ DE LA PEINE, C'EST L'ACCENT QUI MANQUE LE PLUS

UNE fois dans le couloir des Waterproof, Xavier posa sa valise. Avant de sonner, il ôta prudemment de sa poche un vocabulaire franco-anglais et y chercha les phrases qui pouvaient lui être utiles.

Feuilletant fébrilement l'ouvrage il s'arrêta à la page des saluts.

— *Good morning !* s'efforça-t-il de prononcer.

Mais il s'avisa qu'il était quatre heures après-midi.

— *Good afternoon !* reprit-il.

Tandis qu'il s'attardait à interroger son vocabulaire, la porte se plaqua brutalement sur lui et faillit le renverser, comme étonné, il reprenait son équilibre et s'apprêtait à ramasser sa casquette, son trouble s'accrût de la fraîche et blonche apparition de miss Dolly Waterproof.

Celle-ci, confuse de l'incident, rougit et fit un pas en arrière. Xavier, penaud, grotesque et muet, ne put que saluer gauchement.

— *Excuse me, Sir... I didn't know...* commença Dolly.

Il convient de noter que Xavier qui, dès son contact inopiné et rude avec la porte, avait rapidement enfoncé son vocabulaire dans sa poche, perdit jusqu'au souvenir des vagues bribes d'anglais qui s'étaient égarées dans son cerveau.

Il affecta d'être poli, se courba dans un salut plein de déférence et la casquette à la main commença :

— Excusez-moi, Mademoiselle, je suis vraiment confus...

Mais il s'arrêta soudain comprenant qu'il convenait de parler anglais.

Les pauvres mots alors qu'avait effarouchés la surprise, revinrent peu à peu, et Xavier bredouilla :

— *Good afternoon, miss,* euh ! euh !... *I am !* euh ! euh ! ...*you are !* euh ! euh !

Et sentant qu'il allait conjuguer le verbe *to be* au présent de l'indicatif, il coupa court.

— Ah zut ! dit-il. Quelle sale langue, je n'en sortirais jamais.

Miss Dolly, de l'air le plus candide interrogea :

— *Who are you sire, what do you want ?*

Xavier ne broncha pas. Désormais, très calme, il se posa mentalement la question suivante :

Qu'est-ce qu'un Anglais chez qui débarque un Français peut avoir à lui demander ?

Il sourit, satisfait de la réponse qu'il venait d'imaginer, et ouvrant son portefeuille, il y prit sa carte qu'il tendit avec force révérence à miss Dolly.

Celle-ci eut un léger mouvement de sympathique curiosité et joignant le geste à la parole, invita Xavier à la suivre.

Ici se place le petit dialogue suivant :

DOLLY. — *Do you speak English !*

XAVIER. — Euh !

DOLLY (détachant les syllabes). — *Do-you-speak-english ?*

XAVIER (ravi d'avoir compris). — Ah ! *yes,* euh ! euh ! c'est-à-dire, *no, no, no*... Ah ! mais pas du tout, Mademoiselle.

Et s'enhardissant :

— *Do you speak french, Miss ?*

DOLLY (riant). — Oh ! non, *no, no, no.*

XAVIER (*navré*). — Ah ! bien me voilà frais ! que faire ? Nom d'un chien, de nom d'un chien !

DOLLY. — *What do you say ?*

XAVIER. — Hein ? qui, moi ? Rien ! Je, je...

Ici, convaincu de l'inutilité de ses efforts, Xavier s'apprête à s'asseoir.

DOLLY (vivement). — *Don't sit there, it's a bad chair.*

Xavier, sans souci d'un avertissement dont il ne saisissait pas le sens, s'assit sur une chaise à trois pieds, tomba. Dolly réprima vite son rire moqueur et s'empressa auprès de lui.

— Oh ! *I am sorry,* fit-elle.

Xavier, tout en se relevant, s'écria :

— Oh ! oui, je la connais, vous me faites vos excuses.

Et s'adressant à lui-même : « Mon vieux, brillant début chez les Waterproof ! »

Dolly, confuse, se risqua à parler français.

— Vous avez fait beaucoup de mal à votre personne, dites, cher, avez-vous ?

Xavier en fut émerveillé.

— Tiens ! Tiens ! Tiens ! dit-il, vous parlez donc français ?

DOLLY. — *Oh! just a little you know.*

XAVIER. — Ta, ta, ta, ta, ta ! Çà, c'est de la blague, tout ça, vous parlez français et cela me suffit. Pourquoi ne l'avoir pas dit plus tôt, voyez quels ennuis vous m'auriez épargnés.

DOLLY. — *But you know...*

XAVIER. — Je suis sourd, je ne veux rien entendre, parlez français.

DOLLY. — Ce a été une expresse défense de
mon mère de parler le français avec vous, savez-
vous ?

XAVIER. — Votre mère vous a défendu de
parler français ! Bon, bon, ça va ! Madame votre
mère a ses raisons que je devine, et moi j'ai les
miennes que vous comprenez. Et puis, à vous dire
vrai, je ne tiens nullement à apprendre l'anglais.

DOLLY. — Qu'êtes-vous faisant ici, alors ?

XAVIER. — Ce que je suis faisant ? c'est simple,
j'ai un oncle... loufoque.

DOLLY. — Un oncle, comment vous dites ?

XAVIER. — Ah ! oui, c'est juste, j'ai un oncle
original, qui me refuse son héritage si je n'apprends
pas l'anglais, alors...

DOLLY. — Alors il ne faudra pas dire cela
à mon mère ?

XAVIER. — Je le jure sur l'honneur, accord
conclu, Miss. Quand nous serons seuls nous parle-
rons français et quand il y aura du monde... vous
parlerez anglais...

CHAPITRE XIV

ENTENTE CORDIALE

L'ACCORD conclu, Xavier, galant, posa un baiser sur la main de Dolly.

Celle-ci rougit et ne crut pas devoir protester autrement. Elle n'eut pas la franchise de s'avouer qu'elle y avait pris plaisir. Elle aima mieux se dire que venant d'un Français cela ne tirait pas à conséquence. C'était, sans doute, à Paris, un témoignage de banale politesse. Vite rassurée, elle sourit.

Elle s'excusa auprès de Xavier de l'obliger à porter lui-même sa valise. Le garçon venait d'obtenir un congé de trois jours. La livrée bleue à bouton d'or et la casquette à parements rouges suspendue à la patère témoignaient assez de l'absence du titulaire.

La voix de Dolly, sa candide franchise, sa délicate carnation de blonde et ses lèvres qui semblaient teintes de la pourpre des groseilles, bousculèrent sans effort le vague souvenir de Carmen qui flottait encore dans l'esprit de Xavier. Le teint fané et fardé, le regard mort et la voix vulgaire et brisée de la triste alliée de la *Vallée de Josaphat*, firent place nette à la saine et belle jeunesse de Dolly.

Xavier ne pensait même pas à se défendre contre le charme insinuant de la jeune fille. Son cerveau peu enclin aux analyses somnolait dans la douce atmosphère de la maison Waterproof. Certes, il sentait confusément un grand bien-être. Il sentait aussi que Dolly était belle. Il avait du plaisir à la regarder. Sa façon de prononcer et de parler le français avec gaucherie, accroissait encore son charme. Mais il n'allait pas plus avant.

Il s'amusait à lui poser des questions uniquement pour le plaisir d'entendre sa voix et de goûter ses savoureuses maladresses.

Il se prit à chérir, en silence, son cher oncle, dont la manie lui valait de si rares délices. Il crut ainsi s'attendrir au souvenir d'Athanase, alors que son âme se fondait sous l'occulte et savoureuse emprise de l'amour naissant.

Quant à Dolly, sans s'arrêter aux complications psychologiques, elle se savait heureuse. Du jour où sa mère avait décidé d'ouvrir un *boarding house*, sa jeune et folle imagination nourrie aux sources féériques des romans d'aventures, de cape et d'épée, s'était plu à imaginer les traits du premier pensionnaire qu'il plairait au hasard d'acheminer vers la villa Waterproof. Elle avait d'abord inconsciemment rêvé d'un jeune et beau Français, car les romans de Dumas et de Georges Ohnet constituaient le fond de sa bibliothèque.

Quand parvint à Beecles le câble de Toulouse, sa joie fut grande, aussi grande que sa désillusion quand elle vit s'écouler les jours et les jours sans voir apparaître le pensionnaire annoncé.

Et soudain, alors qu'elle n'y comptait plus, Xavier apparut, non pas à vrai dire dans le prestige des héros de Dumas, mais piteusement embarrassé, bredouillant et bafouillant.

Le premier abord fut désastreux, mais pas au point d'empêcher miss Dolly, une fois l'accord conclu, de remarquer que le visage de Xavier était agréable, et que ses yeux ardents se voilaient légèrement quand le sourire parait ses jeunes lèvres sensuelles qu'ombrageait une naissante moustache.

Elle perçut aussi que sa poignée de main surpassait de beaucoup le brutal et neutre shake hand des jeunes Anglais ; cette poignée de main lui parut plus intelligente, pleine d'intentions vagues ou en tout cas, plus souple, plus compliquée, plus enveloppante et plus tenace, en un mot plus agréable.

Comme Xavier, elle n'eût pu préciser tout cela, mais elle le sentait avec force.

Ce premier enchantement fit place à la curiosité mi-sérieuse, mi-moqueuse. Dolly questionna brusquement :

— Vous avez été un long temps pour arriver ici, savez-vous ?

Xavier rougit et s'efforça de chasser les souvenirs mauvais qui l'assaillaient.

— C'est que, dit-il évasivement, Toulouse est assez loin de Beecles.

— Il ne faut pas, je crois, dix journées pour le voyage, fit ingénument Dolly.

— Non, miss, mais il est parfois difficile de voyager dans un pays dont on ignore la langue...

CHAPITRE XV

LE FRANÇAIS TEL QU'IL LEUR PLAIT

L'ARRIVÉE du R. A. P. Townhill épargna à Xavier une explication plus précise.

Dolly fit vite les présentations :

— Monsieur le Pasteur Townhill qui se propose d'aller faire un voyage dans la France qu'il ne connaît pas. Le Révérend parle *correctly* votre langue et connaît *perfectly* la française grammaire.

Le pasteur fut sur le champ sympathique à Xavier, aussi se mit-il en peine pour lui plaire.

— Je suis vraiment charmé, Révérend, de vous connaître. J'aime beaucoup les étrangers qui parlent ma langue.

— Ah ! fit A. P. Townhill, vous êtes vraiment aimable. Mais peut-on savoir pourquoi ?

— Parce qu'ils m'épargnent le souci d'apprendre leur langue, répondit en souriant Xavier.

Ici, il est loyal d'avertir le lecteur que le Révérend Arthur Pigeon Townhill, était atteint de francomanie. Il ne tirait pas un mince orgueil de sa connaissance imparfaite de la langue française. Quand il pouvait affirmer, en présence d'un cercle d'Anglais ébahis, qu'amour, délice et orgue étaient masculin au singulier et féminin au pluriel, il ne se tenait plus d'aise et pensait avoir démontré que le français n'avait pour lui aucun secret.

Au demeurant, sa candeur congénitale, si propice à l'épanouissement des qualités du parfait clergyman, le poussait à s'extasier devant tout ce qu'il supposait être un mot d'esprit pourvu qu'il fût dit en français. Il eût, immanquablement, provoqué dans nos lycées des comparaisons avec la lune, désobligeantes pour lui et déplorables pour cet astre nocturne.

Il crut donc devoir souligner la réserve de Xavier par un « Très spirituel » qui partait du cœur.

Dolly en profita pour se retirer en disant :

— Excusez-moi un morceau, n'est-ce pas, monsieur Xavier ?

— Je vous attendrai volontiers un morceau mais pas deux ? répliqua, moqueur, Xavier.

— Très spirituel ! crut devoir conclure le Révérend.

Le dialogue suivant s'engagea alors entre les deux hommes.

A. P. TOWNHILL. — Je suis très beaucoup... comment vous dire ?... charmant de vous connaître...

XAVIER. — Vous voulez dire « charmé » ?

A. P. TOWNHILL. — Oui, c'est cela, charmé. Je suis très beaucoup charmé de vous connaître. J'ai décidé de parcourir la France que je ne connais pas et je désirerais apprendre certaines expressions, comment dire ; *up to date, you know* ?

XAVIER. — Je ne comprends pas ?

A. P. TOWNHILL. — Oui, vous comprenez, certaines récentes expressions... non... nouvelles expressions...

XAVIER. — Ah ! j'y suis, vous voulez dire, des expressions modernes.

A. P. TOWNHILL. — Tout à fait bien — modernes — là vous êtes — voulez-vous être assez aimable pour m'aider à noter quelques-unes parmi elles ?

Xavier perçut, sur-le-champ, tout le parti qu'il

pouvait tirer d'un tel souhait et jura de bien s'amuser.

— Mais, je suis à vos ordres, cher Monsieur, que désirez-vous connaître ?

A. P. TOWNHILL. — Je ne veux pas passer dans la France pour un naïf, pour un ballot — je veux être — comment vous dites ? à la page ?... Çà c'est droit, à la page ?

XAVIER. — Evidemment.

A. P. TOWNHILL. — Comment pourrais-je dire en France, pour paraître distingué : « J'ai beaucoup travaillé ce soir» ?

Xavier se gratta la tête, fit mine de réfléchir et refoulant une envie de rire, trancha :

« — J'ai beaucoup pété sur le mastic. »

Le Révérend nota l'expression sur son carnet et répéta :

« — J'ai pété sur le mastic, » bon. Et si je m'adresse à une dame pour lui dire qu'elle a de beaux cheveux sur la tête ?

XAVIER, même jeu. — Vous avez beaucoup de cresson sur le caillou.

A. P. TOWNHILL. — Ah ! parfait, ça c'est droit, je trouve l'image très beaucoup charmante, poétique ; vous avez beaucoup de cresson sur le caillou ! Cela est vraiment expressive... Et si je veux dire, à une dame encore... « Excusez-moi, vous avez de bien jolis yeux ?

XAVIER. — Rien de plus simple. Notez : « Vos mirettes m'estourbissent, Madame ! »

A. P. TOWNHILL. — Ah! vraiment, mille mercis, beaucoup merci ! Vos mirettes m'estourbissent, splendide. La langue française est superlativement délicate.

XAVIER, qui s'amuse. — Vous pouvez encore employer l'expression suivante : « Vos quinquets m'en bouchent une. » Mais ici, je dois vous signaler que cette expression est plus familière que la précédente et qu'elle sous-entend une sorte d'intimité... comment dire ?... toute spéciale, entre le sujet et celui qui lui parle.

A. P. TOWNHILL. — *Well !* Et si je veux dire: « C'est la plus belle femme du pays » ?

XAVIER. — Ecrivez : « C'est la plus bath rombière du patelin. »

A. P. TOVNHILL. — Oh ! Oh ! Oh ! Comment vous remercier !

XAVIER, impassible. — Croyez, Monsieur, que je reste, au contraire, votre obligé pour l'énorme plaisir que vous venez de me procurer !

A. P. TOWNHILL. — Vous êtes exquisitement poli.

Ici la face pourpre du Révérend tourna au cramoisi et Xavier comprit qu'il avait une dernière question à lui poser, plus délicate peut-être que les précédentes.

— Monsieur, fit Arthur Pigeon Townhill, il ne me reste plus qu'à vous adresser une dernière prière. Vous savez combien stupides sont les mœurs ici. Je vous prie de ne pas dire à Miss Dolly que je vous ai demandé de semblables renseignements. Cela pourrait nuire à ma select réputation ici, savez-vous ?

XAVIER. — Il suffit. Je suis le tombeau des secrets. Et même si, au cours de votre voyage en France, vous désirez l'adresse d'un hôtel où l'on pourra, agréablement, vous perfectionner dans la langue moderne, je suis à votre entière disposition.

A. P. TOWNHILL. — Le Berlitz School ?

XAVIER. — Oh ! Il y a mieux que cela, tenez, notez, je vous prie, 118, rue des Martyrs, Mademoiselle Liane.

A. P. TOWNHILL. — Savez comprendre... Vous êtes splendidement gracioses, savez-vous ? Je suis confus, vraiment !

XAVIER. — Pas plus que moi, Monsieur !...

CHAPITRE XVI

XAVIER DÉPOUILLE SA CORRESPONDANCE

XAVIER ayant trouvé sur la table du salon son courrier qui l'avait précédé, le R. A. P. Townhill crut devoir s'absorber dans la lecture d'un journal.

Xavier lut des cartes du groupe de la *Vallée de Josaphat* et sur chacune d'elles, Carmen avait, de sa malhabile écriture, consigné une pensée à l'adresse de l'absent. « Les Angliches sont-elles plus belle ? » questionnait l'une. — « Tu sauras nous dire si elles portent un soutien-gorge, » transcrivait-elle sur une autre carte. Et au coin d'une carte où l'un de ses camarades avait affirmé qu'ayant vu de si près les Anglais, ainsi que Carcarssonne, il pouvait mourir tranquille. Carmen avait confié de grosses bises à son adresse.

Cet aimable envoi, loin de lui plaire, le désobligea. Et il laissa tomber dans l'oubli la *Vallée de Josaphat*, contenant et contenu.

Soudain, sous les journaux locaux qu'il se faisait adresser, il découvrit une lettre. « Nom de Dieu ! » s'écria-t-il en apercevant l'écriture de l'oncle Athanase !

— Qu'y a-t-il pour votre service ? interrogea le

Révérend A. P. Townhill qui, flegmatique, regarda Xavier par-dessus ses lunettes en écaille.

Xavier, pour qui le reste du monde cessa d'exister, lut avec avidité la prose avunculaire.

L'oncle Athanase affectait la concision et l'impassibilité jusque dans ses écrits.

« N'ayant rien reçu de toi depuis dix jours, écrivait-il, je pars demain pour Beecles où j'arriverai vendredi.

A. P. Townhill, que ce mutisme de Xavier intriguait, laissa choir son journal et fixa sur le jeune homme des yeux inquiets.

— Vendredi ! Mais c'est aujourd'hui ! fit Xavier.

— Toute la sainte journée, cher Monsieur, répondit le pasteur.

Miss Dolly fit à cet instant son entrée. Xavier, effondré, lui tendit la lettre et Dolly ne put s'empêcher de rire en la lisant.

— Eh ! bien, puisque votre oncle arrive aujourd'hui, il n'y a plus qu'à l'attendre. Le dernier train est entré en gare depuis une heure. Il n'est donc pas utile de s'y rendre.

CHAPITRE XVII

L'ARRIVÉE DE L'ONCLE ATHANASE

TANDIS que Xavier s'inquiétait de son oncle, Athanase errait dans Becles comme une âme en peine.

Il y cherchait en vain des interprètes. Grâce à une attention soutenue, il avait pu ne pas « brûler » Beecles. Une fois hors de la gare, son anxiété redoubla. Il errait depuis une heure dans la ville quand il tomba en arrêt devant une plaque en cuivre sur laquelle il lut avec joie : « Mrs Waterproof ». Convaincu qu'un nom semblable devait être très rare, il se persuada qu'il était devant la Pension Waterproof. Il ne se trompait pas. Son angoisse, accrue de l'absence de Xavier à la gare, fut à son comble. Il désirait presque, au moment de tout savoir, ajourner son entrée chez les Waterproof. Pourtant, il appuya sur le bouton de la sonnerie électrique. Il avait franchi le Rubicon.

La sonnerie retentit juste à l'instant où Dolly invitait Xavier à attendre tranquillement son oncle.

Ils se regardèrent surpris et le Révérend A. P. Townhill fixa par-dessus ses lunettes la porte d'entrée.

Tandis qu'Athanase, anxieux, attendait dans le

couloir qu'on vint lui ouvrir, une dame blonde, que la quarantaine dotait d'un embonpoint encore agréable, entra et, surprise de trouver dans son couloir un homme qu'elle ne connaissait pas, le toisa. Athanase s'inclina fort respectueusement. La femme ouvrit la porte sans plus s'en soucier.

Xavier, entre temps, avait jugé prudent de se réfugier dans sa chambre.

Mistress Waterproof pria le Révérend A. P. Townhill de se rendre compte de ce que désirait un fou, sans doute égaré, qui la saluait sans arrêt de plus en plus bas, en gardant le mutisme le plus hermétique.

Quand l'oncle Athanase se vit en face du colossal pasteur, ses saluts déjà nombreux, se multiplièrent. L'ayant questionné en anglais sur le but de sa visite, le pasteur n'en obtint que des saluts. Il comprit alors qu'il se trouvait peut-être en présence de l'oncle de Xavier.

— Qu'êtes-vous désirant, Monsieur ?

Ces simples et pauvres mots ravirent d'aise l'oncle Athanase. L'on parlait donc français à Beecles.

— Je suis M. Athanase Malbufat, oncle du jeune Xavier qui doit être ici, si je suis chez Mistress Waterproof ?

Sa voix tremblait légèrement.

— Il est ici, en effet, veuillez, vous plaît-il, entrer.

Et le pasteur introduisit l'oncle Athanase. La dame blonde, renseignée sur l'identité de celui qu'elle crut être un fou, tout en gardant son air réservé et légèrement défiant, accueillit aimablement l'oncle de son premier pensionnaire, dont elle apprit ainsi l'arrivée. Dolly fut invitée à aller chercher Xavier qu'elle ramena presque aussitôt.

L'oncle et le neveu, l'un oubliant son flegme de commande, et l'autre pour attendrir dès l'abord un oncle soupçonneux, s'embrassèrent longuement.

Il fallut pourtant s'expliquer et Xavier, que la nécessité rendait ingénieux, fit croire à son oncle qu'ignorant l'anglais et les usages locaux, il s'était égaré d'abord dans Londres, avait pris un train qui l'avait coduit en Ecosse et qu'enfin, après force avatars, dont le détail honore son imagination, mais fatiguerait le lecteur, il était parvenu le midi même à Beecles.

Xavier, sachant le point faible de son oncle, affirma qu'il avait repoussé l'idée de s'adresser aux interprètes et qu'il avait tenu à se débrouiller tout seul.

De ce jour, l'oncle Athanase fut fier de Xavier et n'en demanda pas davantage.

CHAPITRE XVIII

L'ONCLE ATHANASE, LE CLERGYMAN
ET LE TÉLÉPHONE

DEPUIS trois jours, l'oncle Athanase jouissait de sa nouvelle vie. Ce matin-là, tandis qu'il était seul dans le salon à dépouiller son courrier de France, la sonnerie du téléphone retentit. Machinalement il porta l'écouteur à l'oreille et s'en repentit presque aussitôt. Il perçut d'abord comme des miaulements aux intonations diverses. Il comprit fort bien que son invisible interlocuteur s'impatientait. Intimidé par la présence au bout du fil d'une personne qui lui parlait une langue qu'il ignorait, il ne pensa pas à raccrocher pour retrouver le calme.

Il lui vint bien l'idée d'aller appeler Mme Waterproof au secours, mais il se dit que 8 heures du matin était une heure bien matinale pour une veuve encore jeune, et si agréable à voir. Xavier et Dolly, depuis plus d'une heure, se livraient aux joies du canotage sur la Davency. Il se sentit désespérée, conscient d'être ridicule, et, comme si son interlocuteur le pouvait contempler dans une position aussi désavantageuse, il rougit.

Les miaulements devinrent des rugissements. Le

pauvre Athanase sentait bien que le diapason montait et qu'avec lui croissait la virulence des épithètes qui, sans aucun doute, lui étaient prodiguées.

Il eut beau machonner à l'appareil des mots ou des bribes de mots sans suite, il comprit bien qu'on n'était point dupe de son manège. La sueur perlait à son front. Il toucha soudain l'abîme du ridicule, lorsqu'une idée moqueuse effleura d'abord son esprit, l'agaça, le taquina et l'obséda enfin. Il se représentait le groupe du *Lapin qui pisse* assistant non sans gaîté à son étrange conversation téléphonique. Contraint, il buvait lentement l'amère liqueur du ridicule, quand parut enfin le Révérend A. P. Townhill. Jamais arrivée de pasteur ne fut tant désirée. C'est dire l'accueil qui lui fut réservé. Il se départit de son flegme et, avec une fougue toute juvénile et méridionale, lui, l'esprit fort, l'athée du *Lapin qui pisse*, il ouvrit ses bras au révérend et l'accueillit par ces mots :

— C'est Dieu lui-même qui vous envoie, cher Monsieur.

Son égoïsme d'homme à l'aise n'était pas loin de penser que le ciel avait exaucé son plus secret désir en dirigeant les pas du pasteur rubicon vers la pension Waterproof.

Rapidement, le pasteur qui s'était mis à l'appareil, ayant recueilli le dernier flot de malédictions destinées à Athanase, lui fit savoir que l'agence désirait savoir où il fallait faire porter ses bagages.

N'était le respect humain et l'usage contraire, l'oncle Athanase eût embrassé les joues cramoisies du Révérend A. P. Townhill.

CHAPITRE XIX

LES TENTATIONS DE L'ONCLE ATHANASE

TANDIS que l'oncle Athanase échangeait avec le Révérend A. P. Townhill des havanes de choix, Xavier entra brusquement, suivi de Dolly, rougissante à souhait. Xavier, avec la volubilité que donne à certains la timidité, dit à son oncle, à brûle-pourpoint, qu'il le priait de demander pour lui à Mistress Waterproof la main de Dolly.

On eût annoncé à l'oncle Athanase la fin du monde ou que le pape s'était marié qu'il n'en eût pas été plus surpris. Il mâchonna son cigare, rougit, toussa et ne put que répondre :

— Mais tu es fou, mon pauvre Xavier, tu t'imagines qu'on se marie comme cela, sans crier gare ! D'abord, t'es-tu assuré du consentement de Mlle Waterproof ?

Cette question, qui voulait être une diversion,

montre bien jusqu'où l'oncle Athanase, sous ses dehors d'homme flegmatique et pratique, poussait la naïveté.

Veuf depuis de longues années, il ne pensait que rarement au mariage. Il n'imaginait pas qu'un jour Xavier désirerait se marier.

— Mais, mon oncle, dit Xavier, vous pensez bien que Dolly a été pressentie par moi et qu'elle accepte.

Dolly, plus rouge que jamais, les yeux obstinément baissés, tordait d'une main fébrile son mouchoir de dentelles. L'oncle Athanase, que cette attaque inopinée avait complètement désarçonné, ne sut à quel saint se vouer.

Il considéra un instant le Révérend qui, par discrétion, s'était embusqué derrière un immense journal grâce auquel seule, la fumée de son cigare, qui s'étirait mollement par-dessus le journal, témoignait de l'existence de sa tête. L'oncle Athanase eut l'impression d'un corps décapité. Néanmoins et pour rompre le silence qui s'épaississait de seconde en seconde, il s'adressa au pasteur, comme on se jette à l'eau pour éviter le feu.

Persuadé, au surplus, que le flegme et l'indifférence anglais pousseraient A. P. Townhill à se récuser et à affirmer que ce n'était pas son affaire. il poursuivit :

— N'est-ce pas, Monsieur le Pasteur, que ces enfants ne doutent de rien ? Ils se connaissent à peine. Je viens d'arriver et, sans crier gare, ils parlent de mariage. Qu'en pensez-vous ?

Le journal s'abaissa lentement et la face rubiconde du pasteur apparut, les yeux à demi fermés pour se protéger des vapeurs du cigare.

— Ces jeunes gens, dites-vous, veulent se marier ? Eh bien ! cher monsieur, mariez-les !

L'oncle Athanase sentit s'écrouler son dernier appui, il eut, en un éclair, la vision du néant; sa gorge sèche lui refusa la parole; il aspira une forte bouffée de cigare et fixant sur le pasteur des yeux effarés :

— Vous dites ? interrogea-t-il.

— Je dis et je répète, cher Monsieur, dit le pasteur, que si ces jeunes gens sont en amour, mariez-les.

L'oncle Athanase détesta sur-le-champ le pasteur aussi fort qu'il l'avait chéri.

— Comment, Monsieur ? répliqua-t-il. Vous, un homme mûr, dont la qualité exige tant de pondération et de discernement, vous voulez que je marie deux jeunes gens qui ne se connaissent même pas !

— Ils ont toute la vie pour apprendre à se connaître, Monsieur, dit le pasteur. Et si je comprends bien le fond de votre pensée, je puis me permettre de vous rassurer. Sur le rapport matériel la situation de miss Dolly est vraiment solide et confortable, savez-vous? En plus de ce petit domaine, elle possède de vigoureuses rentes en bonnes livres sur le dominion de Sa Majesté Britannique, savez-vous? Et si Mistress Waterproof a ouvert pension ici ce n'est que pour accumuler et compléter ses revenus et ne pas rester inactive, savez-vous?

— Eh bien! fit l'oncle Athanase, l'argent ne fait pas le bonheur, et, Dieu merci, je laisserai à Xavier des rentes qui lui permettront de choisir une femme sans le sou. Mais je n'ai pas été habitué à traiter ces sortes d'affaires avec une pareille rapidité. Chez nous, on y met plus de forme.

— Cela ne vous empêche pas de dire que le mariage, il est une loterie? interrogea ironiquement le pasteur. Alors, simplifiez les formalités et tentez tout de suite la chance! C'est plus simple et le plus droit.

— Voyez-vous, monsieur le pasteur, j'ai mis six mois à me décider avant de me marier.

— Vous avez réfléchi six mois! Et sur quoi?

L'oncle Athanase lui concéda en souriant :

— Eh bien! chaque matin je me demandais : « Est-ce que je me marie? » Et chaque soir : « Est-ce que je ne me marie pas? »

— Et après avoir joué ce petit jeu-là pendant six mois, vous avez, dit le pasteur, répondu: *Aoh! Yes!*

— Comme vous dites, convint l'oncle Athanase, un beau jour je me suis répondu : *Aoh! Yes!*

— Et vous avez été heureux ? interrogea A. P. Townhill.

— Hélas ! jusqu'au décès de ma pauvre femme survenu il y a quinze ans !

— Vous avez perdu, Monsieur, conclut le pasteur, six mois de bonheur.

— J'aurai pu, allant plus vite, me tromper, insinua Athanase.

— *All right*, répliqua le pasteur, mais vous vous en seriez aperçu six mois en avance, savez-vous ?

Désarmé, l'oncle Athanase dut reconnaître que le pasteur avait réponse à tout. Sentant qu'il se devait, pour être logique, de prendre une décision, il aima mieux inviter Xavier à se retirer en compagnie de Dolly, pour lui permettre d'examiner la question avec le Révérend A. P. Townhill. Il ne prit pas garde que cette précaution indiquait une capitulation et que, virtuellement du moins, il avait acquiescé au mariage.

Quand les jeunes gens se furent retirés, il céda au besoin impérieux de s'épancher; le caractère sacerdotal du pasteur l'aida à vaincre ses scrupules et sans regarder son interlocuteur, tout en taquinant sa longue barbe poivre et sel, il avoua, volubile et confus :

— Et moi, croyez-vous que je ne pense pas à me remarier ? Croyez-vous que souvent je ne me suis pas dit que, jeune encore, je pouvais rendre une femme heureuse, et espérer d'elle, en retour, un peu de bonheur ? Tout à l'heure, je vous dis cela entre nous, entre hommes, sans autre dessein, quand j'ai vu Mistress Waterproof j'ai cru voir ma pauvre Eugénie défunte, et je me suis dit, pourquoi ne l'épouserais-je pas ? Elle est veuve, elle est encore belle, pourquoi n'unirions-nous pas nos deux solitudes ?

— Et vous comptez vous poser la question combien de temps encore ? trancha le pasteur.

— Euh ! je ne sais pas, moi, fit évasivement l'oncle Athanase; j'ai parlé pour parler.

— Six mois, ironisa le pasteur, cela me paraît être votre délai préféré. Je crois qu'il me faut vous prévenir que dans six mois Mistress Waterproof et vous, vous serez six mois plus vieux. Un beau soir, quand vous aurez dit : *Aoh Yes !* » vous songerez : « Si j'avais su, j'aurais dit oui, six mois avant ! » savez-vous ?

— Si je vous écoutais, je crois bien que deux

mariages seraient conclus, aujourd'hui même, monsieur le pasteur.

— Le Seigneur vous bénira deux fois, Monsieur, affirma le Révérend.

CHAPITRE XX

OU TOUT FINIT PAR DEUX MARIAGES
OU L'ÉLOQUENCE DU CLERGYMAN ET LA LEÇON
BIEN APPRISE

L'ÉLOQUENCE du pasteur eut le double effet que l'on devine. Le même jour furent célébrées les épousailles de Xavier et de Dolly, d'une part, et de Mistress Waterproof et de l'oncle Athanase d'autre part.

Celui-ci était au comble de ses vœux. Il sentait qu'il venait de réaliser son rêve de toujours. Si la loi faisait de Mme Waterproof une Française, du fait de son mariage, l'oncle Athanase sentait bien que son union le rendait en quelque sorte Anglais. Si l'amour d'Athanase pour son pays confinait parfois au chauvinisme intégral, il ne lui déplaisait pas de se montrer supérieur par un côté à son voisin, d'où son anglomanie qui le singularisait, lui créait une personnalité, lui attirant la crainte des uns et le respect des autres. En somme, le mariage d'Athanase flattait son anglomanie et comblait ses désirs de veuf continent.

La double union fut l'occasion d'un dîner intime où le Révérend Arthur Pigeon Townhill, mis en verve par le champagne, généreusement versé, se rappelant qu'il passait aux yeux de tous pour un homme nourri de lettres françaises, prononça le discours suivant :

« Ladies et gentlemen,

« — Je me flatte d'avoir beaucoup pété sur le mastic pour souder vos deux unions... »

Ici l'oncle Athanase ouvrit des yeux de carpe angoissée, Xavier faillit étouffer et pouffa dans sa serviette; seules les cousines anglaises, que leur ignorance de notre langue empêchait de savourer ce régal des plus rares, restèrent impassibles et pensèrent que Xavier était ivre.

« — Tout d'abord, continua le digne pasteur, les yeux perdus dans des lointains de rêve, je dois très beaucoup louer Miss Dolly, si riche en cresson sur le caillou. »

Ici Xavier pensa mourir et Miss Dolly s'efforça de penser intérieurement à la fin du monde pour ne pas éclater.

« — Je n'oublie pas, poursuivit, imperturbable, l'ineffable Townhill, Mistress Waterproof et son distingué mari. Un seul regard de ses mirettes ont estourbi M. Athanase... »

Celui-ci passa de l'étonnement à la pitié. Il crut fermement que le champagne était cause de ces regrettables événements.

« — Vraiment, ladies and gentlemen, conclut l'angélique pasteur, en s'adressant à Xavier et à son oncle, je puis vous dire que les deux dames dont les quinquets vous en ont bouché une, sont les deux plus bath rombières du patelin... »

. . . .

FIN

TABLE

ÉDITIONS

des

Cahiers de France

Les Cahiers de France

Vient de paraître :

SAAD ZAGHLOUL
Le « Père du Peuple » égyptien

par

Foulad Yeghen

Préface de V. de Saint-Point

LE ROMAN DE SAINT-ÉLOI
Chronique rimée du XIIIe siècle

par

Henriette Duplex

Sous presse :

ITINERAIRE
DE SIRIUS A JERUSALEM

ou

LA TRAHISON
de
JULIEN BENDA

par

Constant Bourquin

Paru dans la première série :

BRULEBOIS
par
Marcel Aymé

PRIX CORRARD 1927

Les Cahiers de France

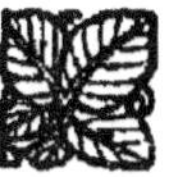

Le Prix PIERRE CORRARD a été décerné, pour 1927, à

BRULEBOIS

par

MARCEL AYMÉ

Dans la collection populaire *Les Soirées de Province :*
EVE GRANDE.......... *L'Etang d'Amour..* 12 fr.

Par suite du transfert à Paris du service principal de librairie des Cahiers, toute la correspondance doit être adressée au rédacteur de la collection : *M. Jacques Reboul : 73, rue Notre-Dame-des-Champs, Paris (6e).*

Compte chèques postaux : PARIS 1145-89.

Les abonnements aux volumes de la seconde série coûtent : sur Alfa : 66 fr., sur Japon français ou arches : 325 fr., sur Madagascar, Hollande ou Pur fil : 525 fr.

(Etranger : 15,75 et 125 francs-or, au change, port compris.)

Les « Cahiers » à paraître seront choisis parmi les volumes suivants :

JACQUES REBOUL...... *L'Ennemi de Vie,* Roman.
G. HELLY DE TAURIERS. *Les Magnifiques Aventures du Chevalier de Catoganette,* Roman.
FRANÇOISE LAMARCHE.. *Marine,* Roman.
ROBERT MAURY....... *La Danse des Ombres,* Roman.
SIMON DE ROVE....... *Les Prédestinées,* Nouvelles.
RENÉ DIOUNE......... *Louisa, fille de pêcheurs,* Roman.
HALINA IZDEBSKA...... *Contes à dormir debout.*
PHILIPPE ESTE........ *La Folie Luxembourg, etc...*

IMPRIMÉ POUR LES CAHIERS DE
FRANCE, PAR A. ET F. DEBEAUVE,
MAITRES - IMPRIMEURS A PARIS,
XXXV, RUE TOURNEFORT (V[e])

CATALOGUE

1926

(PREMIER TRIMESTRE)

PARIS

ÉDITIONS DU SIÈCLE

121, BOULEVARD SAINT-MICHEL

Téléphone : Gobelins 68-25 — C. ch. postaux : 606-03

PUBLICATIONS DIVERSES

GEORGES-ARMAND MASSON

Georges-Armand Masson ou le Parfait Plagiaire
(*Grand Prix de l'Humour* 1925), pastiches de
Maurice Maeterlinck, Mme de Noailles, Paul
Morand, Jean Giraudoux, Paul Claudel, Clé-
ment Vautel, André Gide, Lucien Fabre, Paul
Géraldy, Maurice Rostand, Georges de la
Fouchardière, Paul Valéry, J.-H. Fabre, Paul
Fort, Abel Hermant, G. de Pawlowski, Raoul
Ponchon, etc. .... 9 »

> Exemplaires sur Arches .... *épuisé*

L'art d'accommoder les classiques, avec la colla-
boration de MM. Homère, Salomon, Platon,
Théocrite, Virgile, Ovide, Saint Paul, Plutar-
que, Jacques de Voragine, Dante, Shakespeare,
La Rochefoucauld, Perrault, La Fontaine, Bos-
suet, Boileau, Fénelon, Swift, Voltaire, Buffon,
Florian, Arnault, Gœthe, Alfred de Musset.. 9 »

> Exemplaires sur Hollande .... 60 »
> »   »   Arches .... 35 »

Criquette ou l'Ecole du libertinage .... 9 »

> Edition originale sur alfa .... 15 »
> Exemplaires sur pur fil .... 35 »
> »   »   Hollande .... 60 »

LOUIS LATZARUS

La France veut-elle un roi? .... 9 »

> Edition originale sur pur fil .... 20 »

IDÉES ET SENTIMENTS DU SIÈCLE

COLLECTION D'ESSAIS

SOUS LA DIRECTION DE M. JEAN DE GOURMONT

IV. — CONSTANT BOURQUIN

V. — JACQUES BOULENGER

SOUS PRESSE :

CHARLES CHASSÉ

Les styles physiologiques

JACQUES REBOUL

Il manque une idée fixe à la France

LES MAITRES
DE LA PENSÉE ANTICHRÉTIENNE

SOUS LA DIRECTION DE M. LOUIS ROUGIER

———

(Il est fait de chaque volume de cette collection un tirage unique à 3.000 exemplaires numérotés dans le format in-16 Jésus sur vélin teinté des Papeteries Navarre. Prix de souscription pour la série qui comprend 15 ouvrages : 235 fr. Prix de souscription pour la même série sur pur fil Lafuma (20 exemplaires seulement) : 1.000 fr.)

I. — LOUIS ROUGIER

Celse ou le conflit de la Civilisation antique et du Christianisme primitif .... 20 »

SOUS PRESSE :

XIV. — JULES DE GAULTIER

Nietzsche

X. — CHARLES APPUHN

Spinoza

EN PRÉPARATION :

II. — J. BIDEZ

Porphyre ou le conflit du Néo-platonisme et du Christianisme

III. — J. BIDEZ

L'Empereur Julien ou le conflit de l'Hellénisme et du Christianisme

COLLECTION DE PHILOSOPHIE
INTELLECTUALISTE

SOUS LA DIRECTION DE M. JULES DE GAULTIER

I. — JULES DE GAULTIER

II. — LÉON CHESTOV

LES ROMANS DU SIÈCLE

LES ROMANS GAIS

TIRAGES LIMITÉS

C.-F. RAMUZ

Passage du Poète, roman.

> Un volume (17,5 ✕ 12,5 cm) tiré
> à 300 exemplaires sur beau vergé.. *épuisé*

HECTOR TALVART

Nouvelles conjectures

> Un vol. in-16 jésus tiré à 700 exemplaires
> sur vergé antique Lafuma .... 10 »
> 50 exemplaires sur pur fil .... 25 »

SOUS PRESSE :

LAMARTINE

Ma philosophie personnelle

HÉRAULT DE SÉCHELLES

Théorie de l'Ambition, avec une préface et des
notes de Jean Prévost.

OUVRAGES DE LUXE

LES ÉROTIQUES JAPONAIS

Recueil d'estampes du xv° au xix° siècle tirées des grandes collections parisiennes et précédées d'une étude sur l'art érotique japonais par **François Poncetton.**

Un album grand in-4° colombier (45 × 31,5 cm.) comprenant 100 estampes reproduites par la phototypie, dont 25 coloriées à la main.

Tirage unique à 200 exemplaires numérotés sur Madagascar Lafuma **2.800**

(Taxes comprises)

REMY DE GOURMONT

Lettrés d'un Satyre, un vol. in-4° écu avec 15 eaux-fortes du graveur flamand **FRANS DE GETEERE.**

Série I. — 300 exemplaires sur vélin ancien de Vidalon **392**

Série II. — 50 exemplaires réimposés en in-4° couronne sur papier à la main d'Auvergne, avec une double suite des eaux-fortes dont une sur chine **1.064**

Série III. — 10 exemplaires sur chine, avec une double suite de eaux-fortes dont une sur japon et une suite à part des cuivres barrés **1.568**

Série IV. — 5 exemplaires sur japon impérial, avec une double suite des eaux-fortes dont une sur chine et une suite à part des cuivres barrés .... (épuisé)

1 exemplaire unique sur vieux japon à la forme, avec une double suite des eaux-fortes dont une sur chine, une suite à part des cuivres barrés, 3 eaux-fortes refusées et les esquisses originales du graveur .... (épuisé)

(Taxes comprises)

EN PRÉPARATION :

DR. J.-C. MARDRUS

Le Cantique des Cantiques, avec 12 aquarelles d'**E. OTHON-FRIESZ.**

JULIEN BENDA

L'Ordination, avec des gravures de X.

PETITE COLLECTION DE LUXE
IN-16 RAISIN

MARCEL COULON

L'Enseignement de Remy de Gourmont, avec, en fac-similé, des inédits de Remy de Gourmont et son portrait par **RAOUL DUFY**.

750 exemplaires sur vergé d'Arches à la forme	25 »
20 » » Hollande	50 »
5 » » Madagascar	100 »

Au chevet de Moréas, avec un portrait, des vers inédits et des autographes de Moréas.

50 exemplaires sur japon impérial contenant chacun une page manuscrite de Moréas, numérotés de 1 à 50	150 »
50 exemplaires sur Hollande Van Gelder Zonen, numérotés de 51 à 100	50 »
1.420 exemplaires sur pur fil Lafuma, numérotés de 101 à 1.500	15 »

RAYMOND MALLET

Notations, avec un frontispice, 5 hors-texte et 11 bandeaux gravés sur bois par **LÉBE-DEFF**.

274 exemplaires sur papier à la main d'Auvergne	56 »
20 exemplaires sur Hollande van Gelder	112 »
5 » » japon impérial	224 »
1 exemplaire unique sur vieux Japon à la forme, contenant les esquisses originales du graveur	1120 »

(Taxes comprises)

*

* *

Placet du sieur Anatole France au Père Eternel pour être admis en Paradis.

500 exemplaires sur vergé d'Arches	*épuisé*

JEAN DE GOURMONT

Corymbes, avec un portrait à l'eau-forte par **MAY DEN ENGELSEN**.

300 exemplaires sur papier à la main d'Auvergne	40 »
20 exemplaires sur Hollande van Gelder	100 »
5 » » Japon impérial	250 »
1 » » unique sur vieux Japon à la forme, avec le manuscrit de l'auteur	1.000 »

SOUS PRESSE :

Vie de la bienheureuse Thaïs, avec une préface de Jean-Jacques **BROUSSON**.

L. P. E., 12, rue de l'Abbé de l'Epée, Paris — L-65-50-2-26